Theodor   Storm

Im Brauerhause

Novelle

Theodor Storm

Im Brauerhause
Novelle

ISBN/EAN: 9783337355234

Hergestellt in Europa, USA, Kanada, Australien, Japan

Cover: Foto ©Andreas Hilbeck / pixelio.de

Weitere Bücher finden Sie auf **www.hansebooks.com**

23

Im Sonnenschein

Drei Sommergeschichten
von

Theodor Storm

Dreizehnte Auflage

Verlag von Gebrüder Paetel
Berlin

Druck von G. Kreysing in Leipzig

Meiner Mutter

zum

Weihnachtabend 1854

Im Brauerhause.

Es war in einem angesehenen Bürgerhause, wo wir am Abendteetisch in vertrautem Kreis beisammensaßen. Unsere Wirtin, eine Fünfzigerin von frischem Wesen, mit einem Anflug heiterer Derbheit, stammte nicht aus einer hiesigen Familie; sie war in ihrer Jugend als wirtschaftliche Stütze in das elterliche Haus ihres jetzigen Mannes, unseres trefflichen Wirtes, gekommen und hatte in solchem Verhältnisse dort gelebt, bis der einzige Sohn so glücklich gewesen war, sie als seine Ehefrau bleibend festzuhalten. Das Vertrauen, womit des Bräutigams Mutter gleich nach der Hochzeit der Jüngeren ihren eigenen Platz im Hause einräumte, hat diese nun schon manches Jahr über das Leben ihrer beiden Schwiegereltern hinaus gerechtfertigt. Bei ihrem, jetzt den Siebzigern nahen Ehemann selber begann schon das Greisenalter seine leise Spur zu ziehen; aber wo ihm eine Kraft versagte, da suchte sie unbemerkt die ihre einzusetzen; wo ihrerseits eine Entsagung nötig oder auch nur erwünscht schien, da blickte sie nur mit um so freundlicheren Augen auf ihren Mann und blieb bei ihm allein, wenn andere dem Vergnügen nachgingen. Der alte Herr selber war nicht von vielen Worten; aber die ruhige

3

Sicherheit einer gegenseitig bewährten Liebe war in diesem Hause allen fühlbar, und alle fühlten sich dort wohl.

Am heutigen Abend jedoch wollte das gewohnte Gespräch, worin man sich sonst über Stadt- und Landesangelegenheiten mit Behaglichkeit erging, noch immer nicht in rechten Fluß geraten; denn in einer unserer Nachbarstädte war früh am Morgen etwas Ausnahmsweises und Entsetzliches, es war die Hinrichtung eines Raubmörders dort vollzogen worden, und die Luft schien mit diesem Unterhaltungsstoffe so erfüllt, daß kaum etwas anderes daneben zur Geltung kommen konnte. Hier war nun überdies noch ein abergläubischer Unfug im Gefolge der Exekution gewesen; ein Epileptischer hatte von dem noch rauchenden Blute des Justifizierten trinken und dann zwischen zwei kräftigen Männern laufen müssen, bis er plötzlich, von seinen Krämpfen befallen, zu Boden gestürzt war. Dennoch galt dies Verfahren als ein untrügliches Heilmittel seiner Krankheit. Und noch zu anderen Kuren und sympathetischen Wundern sollten Haare, Blut und Fetzen von der Kleidung des Hingerichteten unter die Leute gekommen sein.

An unserem Teetisch erhob sich darüber ein lebhaftes Durcheinanderreden; alle diese Dinge wurden gleichzeitig als unzulässig und strafbar, als verabscheuungswürdig und als lächerlich bezeichnet. Nur unsere verehrte, sonst so teilnehmende Wirtin saß plötzlich so still und in sich versunken da, daß endlich alle es bemerken mußten.

Als wir sie eben darauf ansahen, rief ihre älteste Tochter zu ihr hinüber: »Mutter, du denkst gewiß an Peter Liekdoorns Finger!«

»Ja, ja, Peter Liekdoorn!« sagte nun auch der alte Herr; »das ist eine Geschichte! Erzähl sie nur, Mutter; deine Gedanken kommen sonst ja doch nicht davon los; und zu verschweigen ist ja nichts dabei!«

»Nein, mein Vater,« sagte die alte Dame; »es ist ja einstens auch genug davon geredet worden.«

Dann sah sie uns alle der Reihe nach mit ihren freundlichen Augen an, und als auch wir dann baten, begann sie in ihrer mitteilsamen Weise: »Mein seliger Vater hatte, wie das Ihnen allen wohl bekannt ist, eine Brauerei; keine bayerische, wie sie heutzutage sind; es wurde nur Gutbier und Dünnbier gebraut; aber beides war gut für den Durst und nicht so gallenbitter wie das jetzige, das nicht einmal zu einer Biersuppe zu gebrauchen ist.«

Wir lachten, und sie lachte herzlich mit uns.

»Das Geschäft,« fuhr sie dann fort, »war noch von Großvaters Zeiten her und lange das einzigste am Ort gewesen; im Jahre meiner Konfirmation aber wurde von einem reichen Bäcker noch ein zweites etabliert. Wenn man hinten aus unserem Brauhause auf den Weg hinaustrat, konnte man am Nordende der Stadt das neue rote Dach über den Gartenbäumen scheinen sehen; und ich glaube freilich nicht, daß mein Vater, und noch viel weniger, daß unser alter Brauknecht Lorenz es eben mit Vergnügen sahen; aber unser Bier hatte doch seinen alten Ruf, und die Kundschaft blieb groß genug, daß wir alle satt hatten und mein Vater jedem zahlen konnte, was er schuldig war.

Da, nicht lange nachher, geschah es, daß auch bei uns ein ganz abscheulicher Kerl hingerichtet wurde. Wie er eigentlich hieß, weiß ich nicht einmal; aber die Leute nannten ihn ›Peter Liekdoorn‹; denn er hatte nichts gelernt und suchte sich deshalb als Hühneraugenoperateur durchzuhelfen. Nun, ich hätte den Kerl nicht an meinen Hühneraugen haben mögen! — Da er viel Branntwein trank und wenig in der Tasche hatte, so brachte er seine eigene, fast neunzigjährige Tante ums Leben, von der er wußte, daß sie einen Strumpfsocken mit Banktalern in ihrem Bettstroh aufbewahrte; aber bevor er noch einen davon ins Wirtshaus tragen konnte, so hatten sie ihn schon fest und auf der Frohnerei; und endlich war denn auch sein Prozeß zu Ende; er sollte draußen auf dem Galgenberg enthauptet und dann sein Körper auf das Rad geflochten werden. Und das war wohlverdient; denn die alte Tante hatte den Bengel, der eine Waise war, vor Jahren mit Not und Hunger aufgezogen, und die Banktaler hatte sie sich zum ehrlichen Begräbnis aufgespart.

Wie ich schon sagte, hatten wir derzeit noch unseren alten Brauknecht Lorenz, der, wie das Geschäft selbst, auch noch von meinem Großvater stammte; eine treue, fromme Seele! Über sein Wandbett hatte er sich mit Kreide den halb plattdeutschen Spruch geschrieben:

> ›Lorenz Hansen is mein Nam';
> Gott hilf, daß ich in'n Himmel kam!‹

Und sooft auch die Magd ihn am Sonnabend mit der Seifenbürste wegwusch, er malte ihn am Sonntag immer geduldig wieder hin. Uns Kindern, wenn wir abends in der Brauerei am großen Steinbottich bei ihm saßen, wußte er Geschichten zu erzählen, daß wir zuletzt vor Gruseln ihm alle auf den Schoß gekrochen waren, und wie das heutzutage kein Mensch mehr so versteht. Das war nun gut; aber warum er solche Geschichten so erzählen konnte, das war nun nicht so gut! Er glaubte nämlich selber an all das dumme Zeug, womit er uns traktierte. Am Paaschabend, wenn er sein Dutzend Ostereier ausgelöffelt hatte, schlug er sorgsam alle Schalen entzwei; sonst, sagte er, könnten die Hexen darin nisten; beim Bierbrauen legte er allemal ein Kreuz von Holz über den Gärkübel, so konnte keiner den Gest (Hefe) rauben, und das Bier konnte nicht verrufen werden. Meiner Mutter, die uns auch oft beim Geschichtenerzählen auseinanderjagte, war all so etwas in den Tod zuwider; sie schalt ihn oft darüber und auch auf meinen Vater, daß er solche Narrensposssen unter seinem Dache leide. Aber unser Vater war eben, wie wir auf plattdeutsch sagen, ein ›liedsamer‹, ein gelassener Mann; er strich schmunzelnd seiner kleinen lebhaften Frau mit der Hand übers Gesicht und sagte: ›Mutter, laß mir den alten Lorenz; so einen Brauknecht gibt es keinen zweiten; er meint's gut, und es schadet keinem.‹

Damit war meine kleine Mutter allemal fertig, zumal, wenn sie noch einen Kuß dazu bekam; aber recht hatte er darum doch nicht; denn dumm ist dumm, und es sollte niemand sagen, daß die Dummheit keinen Schaden tue.

Als es nun so weit war, daß Tages darauf der Mörder Peter Liekdoorn sich durch Hingabe seines irdischen Leibes mit seinem Gott versöhnen sollte, hatte unser Lorenz es sich von dem Bürgermeister und seinem Brotherrn ausgebeten, daß er dem armen Sünder in seiner letzten Nacht Gesellschaft leisten durfte; denn sie waren Nachbarskinder gewesen, und in der Schule hatte Lorenz ihm oft die eine Hälfte von seinem Butterbrot gegeben, und Peter Liekdoorn hatte sich dann die andere noch dazu gestohlen. Aber als nun der gute Lorenz mit ihm beten und seiner armen Seele beistehen wollte, trieb der schändliche Bösewicht nur Possen und Eulenspiegeleien.«

»Herr Amtsrichter,« fuhr die Erzählerin fort, sich voll nachträglicher Entrüstung zu mir wendend — »man mag es ja kaum erzählen! ›Juckst du noch,‹ hatte er zu seinem Kopf gesagt, indem er sich in seine dünnen Haare kratzte; ›und morgen sollst du schon herunter?‹ Der alte Lorenz hat das nie vergessen können.

Der Richtplatz auf dem Galgenberg war so nahe bei der

Stadt, daß man von unserem obersten Brauhausboden alles deutlich hätte mit ansehen können; aber während die halbe Stadt hinausgezogen war, steckte ich in dem dunkelsten Verschlage unter der Bodentreppe; denn ich hatte, trotz meiner sechzehn Jahre, die dumme Idee, daß ich es sonst überall im Hause hören müßte, wenn dem Bösewicht der Kopf herabgeschlagen würde. Erst als meine Mutter anklopfte und rief: ›Es ist vorbei; sie kommen alle schon zurück!‹ kroch ich wieder an das Tageslicht. Ich hör' es noch vor meinen Ohren, wie es in dicken Haufen draußen auf der Gasse vorbeizog und ein Gemurmel und ein Summen als wie in einem Immenschwarm.

Und das Gerede kam auch noch in Wochen nicht zur Ruh'; denn draußen auf dem Richtplatz hart an der Landstraße lag ja Peter Liekdoorns Körper auf das Rad geflochten. Wenn meine beiden jüngeren Geschwister aus der Schule kamen, warfen sie die Bücher hin und liefen auf den Brauhausboden; dann kamen sie mit großen Augen wieder in die Stube; bald hatte meine Schwester zwei Raben auf dem Rade sitzen sehen, bald hatte mein Bruder ganz deutlich wahrgenommen, wie der auf dem Pfahle steckende Kopf mit den dünnen Haaren vom Wind herumgekreiselt war, bis zuletzt mein guter Vater ein Schloß vor die Bodenluke legte und einen Trumpf darauf setzte, es solle von diesen abscheulichen Dingen fürderhin kein Wort im Hause mehr gesprochen werden.«

Die Erzählerin nahm ein Schlückchen aus ihrer Tasse und fuhr dann fort:

»Nicht lange nachher saßen wir — ich weiß noch, es war an einem Sonntag — bei unserer Abendmahlzeit. Da es Reisbrei mit Kaneel und Zucker gab, so hatte ich auch noch unseren Nachbar Ivers dazu holen müssen, dessen Leibgericht das war. Wir hatten uns schon alle zu Tisch gesetzt; auch

Lorenz und die Magd; allein mein Bruder fehlte noch. Mein Vater sah sich eben recht verdrießlich nach ihm um, als erst die Haustür und dann die Tür zur Stube aufgerissen wurde und der Junge mit einer Fahrt hereingestürzt kam.

›Mein Gott, Christian,‹ rief meine Mutter, ›weshalb kommst du nicht zu rechter Zeit? Du weißt doch, daß dein Vater das nicht leiden kann!‹

›Ja,‹ sagte er, ›aber die Jungens sind alle auf dem Markt zusammengelaufen!‹

— ›Die Jungens? Was haben die des Abends auf dem Markt zu tun?‹

›Nichts,‹ sagte Christian, ›sie sprechen nur miteinander.‹

›Nun, so sprich du auch jetzt!‹ sagte mein Vater. ›Laß ihn reden, Mutter!‹

Aber der Junge schwieg und sah seinem Vater starr ins Angesicht.

›Christian, so sprich doch, Christian!‹ rief meine Mutter.

›Ich darf ja nicht,‹ entgegnete er; ›Vater hat ja gesagt, er wolle von dem dummen Zeug nun nichts mehr hören.‹

›Nachbar,‹ sagte der alte Ivers, der ein Junggeselle und sehr neugierig war, ›so lassen Sie den Jungen doch seine Geschichte von sich tun!‹

Mein Vater klopfte den Alten mit seinem schelmischen Lachen auf die Schulter. ›Nun, Christian, so schieß denn los; du sollst doch Nachbar Ivers nicht die Nachtruh' vorenthalten!‹

›Ja,‹ sagte der Junge; aber er sah sich erst mal um, ob doch auch alle anderen hörten; ›es ist ganz gewiß, sie haben Peter Liekdoorn seinen einen Finger weggestohlen!‹

— ›Wer hat euch das gesagt?‹

›Das hat Ratsdiener Ferdinand uns selbst erzählt.‹

›Ei was! Der Fuchs wird ihn geholt haben,‹ sagte mein Vater; ›wer sollte denn dergleichen stehlen!‹

— ›Nein, nein, Vater; das Rad ist viel zu hoch, da können die Füchse nicht daran!‹

Der alte Ivers hatte schweigend zugehört. ›Sag mir einmal, mein Jüngelchen,‹ begann er jetzt, ›was ist's denn eigentlich für ein Finger?‹

— ›Wie meinst du das, Nachbar Ivers?‹

›Nun, ich meine, ist's der kleine Finger oder der Goldfinger oder —‹

›Nein, nein; es ist der Daumen!‹ unterbrach ihn Christian; ›ich weiß aber nicht, von welcher Hand.‹

›So,‹ sagte Ivers, ›der Daumen! das hatte ich mir gedacht. Er braucht eigentlich nur von einem Dieb zu sein; aber besser ist gewißlich immer besser; nein, den Daumen hat sich nicht der Fuchs geholt, den können ganz andere Leute noch gebrauchen! Da fragt nur euren Lorenz, wenn Ihr's nicht selber wißt!‹

Aber Lorenz sah auf seinen Teller und aß schweigsam seinen Reisbrei.

›So erzählt es doch nur, Nachbar!‹ sagte meine Mutter; denn sie wollte nicht, daß er den alten Lorenz necken sollte.

›Kann leicht geschehen, Frau Nachbarn,‹ erwiderte er; ›aber wißt Ihr das denn nicht? Wer solch einen Finger unter seinem Drümpel eingegraben hat, dem strömt die Kundschaft in das Haus hinein! — Nun,‹ setzte er gutmütig hinzu, ›hier, Gott sei Dank, sind solche Künste nicht vonnöten!‹

›Das walte Gott!‹ sprach meine Mutter leise und klopfte unter den Tisch, um die üble Berufung abzuwenden. Denn solche Dinge zählte sie nicht zum Aberglauben, und sie konnte ganz böse werden, wenn man ihr dawider stritt; dagegen wußte sie wohl, daß das großväterliche Vermögen in viele Teile gegangen und die Brauerei derzeit mit schweren Schulden von ihrem Manne übernommen war.

Mein Vater war ganz ernst geworden. ›Setz dich, Christian,‹ sagte er zu dem Jungen, der noch immer auf der Diele herumstand, ›und mach, daß du mit deinem Reisbrei fertig wirst!‹

Ich weiß noch wohl, unsere Mahlzeit ging ganz still zu Ende.«

———————————

Nachdem auf Befragen einer mitteldeutschen Anverwandten noch erklärt war, daß unter dem plattdeutschen Worte »Drümpel« eine Türschwelle zu verstehen sei, begann die Erzählerin wieder: »Man hätte glauben sollen, daß wir nun endlich mit Peter Liekdoorn fertig gewesen wären; aber, leider Gottes, das alles war nur erst der Anfang.

Es war im Juli und ungewöhnlich heiß; die Ernte hatte schon begonnen. Von den umliegenden Dörfern kam ein Wagen nach dem anderen hinten vor unserem Brauhaus angefahren, um Gut- und Dünnbier für Herrschaft und Leute abzuholen, und nicht nur viertel und halbe, sondern fast immer ganze Tonnen wurden aufgeladen. Mein Vater und unser alter Lorenz arbeiteten in hellem Schweiße, aber mit vergnügten Angesichtern. In unserer hohen, kühlen Außendiele, unter dem Fenster, lagen zwei Fässer für den Hausverkauf; ich habe manches Maß voll da herausgezapft, denn seit meiner Konfirmation hatte ich das zu besorgen.

Aber jetzt ließ es mich in Wahrheit kaum zu Atem kommen; ich merkte wohl, auch die Leute in der Stadt hatten bei der grausamen Hitze einen schönen Durst; Kopf an Kopf stand es oft um mich herum, und mit all den Krügen und Kannen, die sie gegen mich streckten, trieben sie mich eines Tages so in die Enge, daß ich erst auf einen Tritt und dann oben auf die Fensterbank mich retirieren und von dort aus erst eine ordentliche Rede halten mußte, bevor ich nur wieder zu meinem Faß hinunter konnte.«

Die Erzählerin sah uns an und nickte. »Ja,« sagte sie, »es mag wunderlich ausgesehen haben; aber ich war damals auch noch eine flinke, leichte Dirne! Und was war das für eine Freude, wenn ich so mittags und abends zwei schwere, blanke Hände voll vor meinen Vater auf den Tisch schütten konnte! Ich weiß noch, morgens, bevor die Zeit herangekommen war, wie ich in der Stube am Fenster stand und es nicht erwarten konnte, bis ich den ersten mit Krug oder Blechgemäß unserem Hause zusteuern sah.

So stand ich auch eines Vormittags und konnte nicht begreifen, daß das lustige Geldeinnehmen noch immer nicht in Gang kommen wollte; denn es war schon über zehn, und im Flur draußen von unserer Hausuhr schlug es erst ein Viertel, dann halb; aber es kam noch immer niemand. Endlich ging ich hinaus und vor die Haustür; da kamen zwei arme Kinder mit ihren kleinen Töpfen, dann hintereinander noch ein paar andere Leute von dem äußersten Ende der Stadt, und als ich die abgefertigt hatte, schlug die Uhr zu meinem großen Schrecken elf; denn ich wußte nun, daß die Verkaufszeit für diesen Vormittag so gut wie vorüber sei.

Ich hatte endlich nur ein paar armselige Schillinge, die ich mittags vor meinem Vater hinlegen konnte.

›Was ist das, Nane?‹ sagte er. ›Weshalb gibst du mir nicht

alles?‹

›Das ist alles, Vater.‹

— ›Alles? Das ist ja sonderbar.‹ Weiter sagte er nichts.

Aber auch am Nachmittage und den zweiten und die
folgenden Tage blieb es ebenso; ja selbst die Wagen von den
Dörfern kamen immer weniger, und aus einem großen
Dorfe, wo wir sonst die beste Kundschaft hatten, blieben sie
völlig weg. ›Lorenz,‹ hörte ich einmal, da ich über den Hof
ging, unseren Vater fragen, ›wann hat Marx Sievers zum
letztenmal geholt?‹

›Ich denke, Herr, die andere Woche geht eben heut zu Ende.‹

›Bei der grausamen Hitze? — Lorenz,‹ und an meines Vaters
Stimme hörte ich, wie er voll Angst und Sorge war; ›was ist
passiert, Lorenz? Wir haben nimmer besser Bier gehabt!‹

›Weiß nicht, Herr!‹ erwiderte der Alte düster.

Ich mochte nicht stehen bleiben und hören, was sie weiter
sprachen; aber ich wußte wohl, Marx Sievers war der größte
Bauer in jenem Dorfe, und wie jetzt, in der Ernte, pflegte
sein Fuhrwerk sonst fast jeden dritten Tag zu kommen.

In der nächsten Zeit wurden die Darre und die Braupfannen
auf das sorgfältigste nachgesehen und gereinigt; mein Vater
untersuchte jeden Sack mit Hopfen, ob auch irgendwo eine
Verstockung sich eingenistet habe; aber er kam stets
kopfschüttelnd von solchem Tun zurück; es war nichts zu
finden, was nicht in Ordnung war. Wir gingen alle wie
verstört umher, denn jeder wußte, die Erntezeit sollte den
Hauptverdienst des ganzen Jahres bringen; und die paar
guten Tage, die so schnell vorübergegangen waren, konnten
dabei nichts verschlagen. Bei den Mahlzeiten wurde jetzt
kein Wort gesprochen, die Augen unserer Mutter gingen

angstvoll nach ihres Mannes Angesicht, während sie uns schweigend zuteilte. Der alte Lorenz aber war plötzlich ein ganz wunderlicher träger Mensch geworden; nicht, weil er keine Geschichten mehr erzählte, denn wer hätte Lust gehabt, die jetzt zu hören! Sogar die Kinder nicht! Aber, was nimmer noch passiert war, zu zweien Malen, als ich ihn zum Mittagessen rufen wollte, fand ich ihn bei hellichtem Tage hinter einem Braufaß eingeschlafen. Und da ich ihn weckte, sagte er nur: ›Danke, Nane, danke!‹ Als ob das ganz so in der Ordnung wäre. Mir aber war das ganz unheimlich; denn der alte Lorenz war ja fast die halbe Brauerei.

Da, eines Sonntags morgens, kam mein Bruder Christian wieder einmal mit solcher Fahrt hereingestürzt, wie er es allemal tat, wenn er was Besonderes zu verkünden hatte. Aber, Gott bewahre, wie sah der Junge in seinen Sonntagskleidern aus! Das ganze Gesicht voll Blut; das eine Auge dick verschwollen!

›Wo kommst du her?‹ rief mein Vater. ›Bist du in dem Krieg gewesen?‹

›Nein,‹ sagte der Junge; ›wir haben uns nur geprügelt.‹

— ›Schon wieder einmal? Und das am heiligen Sonntag? Was ist denn heute wieder los gewesen?‹

›Ja, Vater,‹ sagte Christian und wischte sich erst mit dem Ärmel das Blut von seiner Backe; ›sie haben schon mehrmals so gelogen, ich hab' es euch nur nicht erzählen mögen; die Jungens sagen, Peter Liekdoorns Finger ist in unserem Bier gewesen!‹

Meine Mutter schrie laut auf; mein Vater war nur totenbleich geworden. ›Darum also!‹ sagte er leise.

In diesem Augenblicke wurde angeklopft, und Nachbar Ivers trat herein, der lange nicht dagewesen war.

›Nun, Ivers!‹ sagte mein Vater, ›kommt Ihr auch einmal? Ihr wagt's ja auch nicht mehr, von unserem Bier zu trinken!‹

›Hm!‹ machte der Alte und sah meinen Vater mit seinen klugen Augen an. ›Aber, um Christi willen, was ist mit dem Jungen da passiert!‹

— ›Ja, was ist mit ihm passiert! Erzähl's nur selber, Christian, warum du dich geschlagen hast.‹

›Ja, Nachbar Ivers,‹ sagte Christian, ›die Jungens sagen alle, Peter Liekdoorns Finger ist in unserem Bier gewesen!‹

— ›Hm — so, mein Jüngelchen! Und da hast du mit allen dich deshalb geschlagen?‹

›Nein, nicht mit allen; nur mit ein Stücker viere, aber tüchtig!‹

Der Alte sah ihm in sein verschwollenes Angesicht und nickte. ›Aber es nützt nur nicht viel, Christian, und wenn du es auch mit allen fertig gebracht hättest. — Nachbar Ohrtmann,‹ wandte er sich zu meinem Vater, ›ich komme just um dessen willen zu Euch; ich möcht' Euch raten, nehmt Euren alten Lorenz einmal tüchtig ins Gebet! Ihr wisset wohl nicht, weshalb er mit seinem alten Kameraden durchaus die Henkersnacht hat teilen wollen?‹

›Ei freilich,‹ rief meine Mutter; ›er hat ihm für die gestohlenen Butterbröte die himmlische Wegzehrung wollen bereiten helfen!‹

›Das nebenbei, Frau Nachbarn,‹ sagte Ivers, ›vor allem aber hat er ihm noch bei lebendigem Leibe seinen Daumen abgekauft; die alten Weiber in der Stadt erzählen sich das ganz genau.‹

›Habt Ihr nichts anderes zu berichten, Ivers, als dies dumme Zeug?‹ frug mein Vater.

15

›Nein, Nachbar Ohrtmann; aber vergesset nicht, den Alten quält die neue Brauerei, wenn sich das Bier mit Eurem gleich nicht messen kann; und dann — der Finger war ja hinterher auch ohne Kauf zu haben! Nach der Hexenweisheit war es zwar genug, ihn unterm Drümpel einzugraben, aber besser ist gewißlich immer besser; und so wird er denn gleich in den Braukessel selbst hineingekommen sein.‹

Mein Vater schüttelte den Kopf.

›Ihr wollt mich doch nicht glauben machen, daß unser alter Lorenz sich den Finger von dem Hochgericht geholt habe?‹

›Das will ich allerdings, Nachbar! Wißt Ihr, beim Reisbrei damals, als er nicht Antwort geben wollte, da ich von der Sache anfing?‹

›Ei, Ivers, Lorenz ist nicht gewöhnt, an seiner Herrschaft Tische mitzureden; und überdies, er fühlte wohl, daß Ihr ihn necken wolltet.‹

›Mag sein,‹ versetzte Ivers; ›aber was hat er bei nachtschlafender Zeit da draußen an dem Galgenberg herumzukriechen?‹

›Was sagt Ihr, Nachbar?‹ rief meine Mutter.

›Ich sag' nur,‹ erwiderte er, ›was die Hebamme Clasen mir selbst erzählt hat; vorgestern nach Mitternacht, als sie dort vorbeigefahren, hat sie etwas von oben den Galgenberg hinunterlaufen sehen, und da sie ihre Laterne, die sie bei sich hatte, darauf hingewandt hat, ist die Gestalt in einen Busch gesprungen; aber an den großen, blanken Knöpfen auf der Jacke, die sonst kein Mensch hier trägt, hat sie genug erkennen können, wer der Mann gewesen ist. Und auch noch andere wollen des Nachts ihn dort gesehen haben.‹

Ich war sehr erschrocken, als der Nachbar das erzählte; denn ich sah, was ich keinem verraten hatte, den alten Lorenz wieder bei hellem Tage zwischen seinen Fässern schlafen.

›Aber, Ivers,‹ sagte mein Vater; ›das Unheil, wenn denn Lorenz es sollte angestiftet haben, war ja schon geschehen; was konnte er jetzt noch auf der Richtstatt suchen wollen!‹

›Nun, Nachbar,‹ und der alte Junggeselle stellte sein Schalksgesicht auf, was er mitunter bei den traurigsten Geschichten nicht unterlassen konnte — ›Peter Liekdoorn hat doch jedenfalls noch einen Daumen mehr gehabt; vielleicht sollte der nun unter den Drümpel, da der andere so sichtlich den verkehrten Weg gegangen war! Aber er ist nur nicht so leicht zu haben; denn auf dem Rade soll bei Nachtzeit etwas sitzen, das einen Christenmenschen nicht heranläßt!‹

Mein Bruder Christian blinkte mich aus seinen dicken Augen an.

›Wärst du bang, Nane?‹ blies er mir durch die hohle Hand ins Ohr. ›Ich nicht!‹

Unser Vater hatte am Tisch gesessen, den Kopf schwer auf seinen Arm gestützt. Nun stand er auf und sagte: ›Der Spaß will diesmal nichts verschlagen, Nachbar Ivers. Aber, wenn Ihr's nicht ungut nehmen wollt, so lasset uns jetzt allein; denn ich möchte gleich jetzt mit meinem Lorenz reden!‹

An dem sauersüßen Gesicht, das der alte Junggeselle machte, sah man wohl, wie bitterlich gern er dageblieben wäre; aber er verabschiedete sich denn doch mit guter Manier, und gleich darauf wurde ich ins Brauhaus geschickt, um unseren alten Knecht hereinzurufen.

›Lorenz,‹ sagte mein Vater, als wir zusammen in die Stube

17

getreten waren, ›du siehst uns hier alle ratlos beieinandersitzen; der Finger des Mörders soll in unserem Bier gefunden sein!‹

Der Alte fuhr sichtlich zusammen. ›Herr,‹ sagte er traurig, ›so wissen Sie das auch schon!‹

›Ich habe es eben erst erfahren; aber du, wenn du es wußtest, weshalb hast du es mir verschwiegen?‹

›Ja, Herr, ich seh' nun wohl, daß ich zu dumm gewesen bin; ich dachte mir, ich wollte es allein herausbekommen.‹

›Aber man meint, du selber wärst es, der sich den Finger geholt hat; du hättest, um die Kundschaft unserem Hause zu bewahren, eine Sympathie damit gemacht!‹

Als mein Vater das gesprochen hatte, stand der alte Lorenz auf einmal wie ein Soldat, beide Arme glatt am Leibe herunter. ›Herr!‹ rief er; ›alles für meine Herrschaft; aber wir sollen Gott fürchten und lieben, auf daß wir bei seinem Namen nicht zaubern, lügen oder trügen! So etwas ist keine Sympathie; das tun nur Menschen ohne Christentum, und mit Hilfe dessen, den ich hier nicht nennen will!‹

›Nun, Lorenz, dann ist es ja gewißlich nicht deine Sache; aber man will dich mehrmals in der Nacht am Galgenberg gesehen haben!‹

›Ja, Herr, das ist es eben, und es war dunkel genug; aber die alte Hebamme kutschierte da vorbei, mit ihrer großen Leuchte in der Hand!‹

›Um Christi willen!‹ rief meine Mutter; ›so ist Er wirklich dagewesen?‹

›Die Frau soll nicht erschrecken,‹ erwiderte Lorenz; ›ich dachte nur, wer sich den einen Daumen holte, der kann sich auch den anderen holen; und von gar so weit mag er auch wohl nicht gekommen sein! Denn — so klug bin ich doch — es ist diesmal kein Zauberwerk, sondern ein Schabernack gegen uns gewesen; aber die da‹ — und er erhob die Faust und zeigte drohend nach der Gegend, wo die neue Brauerei gelegen war — ›sie sollen keinen Segen davon haben!‹

›Lorenz, Lorenz,‹ rief mein Vater, ›sprich nicht so in deinem blinden Hasse, den du nicht einmal für dich, sondern nur um unseretwillen hegest! Wir sorgen jeder für unser Brot; und am Ende ist gar alles nur ein leer' Gerede!‹

Aber Lorenz schüttelte den Kopf. ›Sie wissen, Herr, ich geh' nicht gern hinten aus unserer Brauhaustür, seit einem da das rote Dach so in die Augen scheint; aber gestern hatte unser Pikas sich von der Kette losgerissen. Als ich eben auf den Weg hinaustrete, sehe ich Marx Sievers seinen Ältesten mit zwei Tonnen auf dem Wagen von dort oben herunterkommen. ›Na, Hans,‹ sag' ich, als er näher kommt; ›du holst dir auch wohl dein Bier jetzt von dem neuen Brauer?‹ — ›Ja,‹ sagt er, ›Lorenz, das tu' ich.‹ — ›Und warum,‹ frag' ich, ›tust du das? Seit deines Großvaters Zeiten habt Ihr euer Bier doch immer nur bei uns geholt.‹ — ›Ja,‹ antwortet er und schlägt schon wieder auf seine Pferde; ›dazumal lebte auch Peter Liekdoorn noch, und wir hatten noch keinen Finger in unserem Bier gefunden!‹ Und damit war er schon in vollem Trab davongefahren.‹

Unser Vater sah voll Bekümmernis auf seinen alten Knecht. Als dieser schwieg, sagte er leise: ›Dann stehe Gott uns bei; denn Marx Sievers und seine Söhne sind wahrhaftige Leute!‹

Meine Mutter hatte seine Hand ergriffen; aber er entzog sie ihr und ging unruhig in der Stube auf und ab. Als jedoch Lorenz Miene machte, sacht hinauszugehen, zog er seine Uhr und sagte: ›Das hat uns auch um Gottes Wort gebracht; es ist zu spät, um nun noch in die Kirche zu gehen. Spann den Braunen vor die Karriole, Lorenz! Ich will gleich selber mit Marx Sievers sprechen.‹

— — So fuhren sie denn hinaus; und mein Vater hat es uns damals und auch später oft genug erzählt! ›Unterwegs,‹ sagte er, ›nahm ich Lorenz Zügel und Peitsche aus der Hand, weil er immer noch zu langsam fuhr; aber mit unserer Ungeduld ist nichts getan!‹

Als sie endlich vor Marx Sievers großem Haustor hielten und dann mein Vater in die weite Lohdiele trat, war dort alles tot und still und keine Menschenseele sichtbar. Nach einer Weile kam eine Magd. ›Sie sind noch alle in der Kirche,‹ sagte sie, ›des Pastors Sohn, der Student, predigt; aber es muß bald aus sein.‹ — ›So will ich warten,‹ sagte mein Vater, und ließ sich die Tür zur Wohnstube öffnen. Aber der junge Gottesmann mußte einen weiten Weg genommen haben bis zum heiligen Vaterunser. Draußen saß Lorenz auf der Karriole und klatschte dann und wann mit seiner Peitsche; drinnen stand mein Vater und studierte die Glasmalerei auf den alten Fensterscheiben, welche die Belagerung Tönnings durch den General Steenbock darstellte. ›Wohl hundertmal,‹ sagte er, ›hatte ich schon die schwedischen Soldaten gezählt, ohne was dabei zu denken, oder doch nur, um wieviel leichter es sein müßte, in diesem gelben Kriegshaufen mit zu fechten, als eine Reise zu tun, wie ich sie heute machen mußte.‹

Endlich aber war es draußen auf der Lohdiele lebendig geworden; nach ein paar mit der Magd gewechselten Worten trat der Bauer mit seinem ältesten Sohn ins Zimmer. Den Gruß meines Vaters erwiderte er kurz und trocken, und ging erst an den Türhaken, um seinen Hut daran zu hängen; dann stemmte er beide Fäuste mit den Knöcheln auf den Tisch und sagte:

›Ihr Fuhrwerk, Herr Ohrtmann, wär' ich am mind'sten vor

meiner Tür vermuten gewesen; aber Sie kommen wohl, um sich das Geld für Ihre letzte Tonne Bier zu holen?‹

Und bevor mein Vater ihm darauf antworten konnte, fuhr er fort:

›Bin ich Ihnen auch nur einmal einen Sechsling in der Schuld geblieben? Ich denk' doch nicht! Aber diese letzte Tonne‹ — und dabei schlug er heftig auf den Tisch — ›die bleib' ich schuldig bis in alle Ewigkeit! Und wollen Sie mir was, so zitieren Sie mich vor meinen Landvogt; hier bin ich nicht für Sie zu sprechen!‹

›So hört doch,‹ rief mein Vater; ›ich will kein Geld von Euch; um dessentwillen bin ich nicht zu Euch gekommen!‹

›So,‹ sagte der Bauer, ›was wollen Sie denn?‹

— ›Ihr hättet's Euch wohl denken können, Sievers; die Leute reden ja, Ihr hättet was in meinem Bier gefunden, was nicht in der Ordnung ist!‹

Der Bauer lachte. ›Nicht in der Ordnung? Nein, bei dem Teufel! So was ist nicht in der Ordnung!‹

›Es soll der Daumen von dem Hingerichteten gewesen sein,‹ fuhr mein Vater fort; ›und ich wollte Euch nur bitten, mich das sehen zu lassen, was Ihr gefunden habt.‹

›Die Leute reden nicht umsonst,‹ sagte der Bauer, ›das Ding ist drin im Hahn gesessen; meine Nachbarn haben beide das gesehen.‹

›Nun, so zeigt es jetzt auch mir!‹

›Da hätten Sie früher kommen sollen; ich weiß nicht, wo das Ding geblieben ist.‹

›Sievers!‹ rief mein Vater, ›so sucht oder lasset suchen; das ist Eure Schuldigkeit! Denn dieser Finger steht als ein Kläger

21

wider mich auf und drohet, mich zum armen Mann zu machen; er muß mir Rede stehen, wie er in mein Gebräu gekommen ist!‹

Aber der Bauer sagte: ›Das ist Ihre Sache, Herr Ohrtmann; ich lass' mein Bier bei einem anderen holen, und damit hopp und holla!‹

Mein Vater besann sich ein paar Augenblicke, während Marx Sievers seine Pfeife vom Haken nahm und aus dem zinnernen Tabakskasten stopfte. Als er schon angezündet hatte und die Rauchwolken trotzig vor sich hinblies, begann mein Vater wieder: ›Ich hab' doch recht vernommen, Sievers? Ihr wollt mir diese letzte Tonne nicht bezahlen!‹

— ›Ganz recht, Herr Ohrtmann; ich denk' ich hab' das deutlich genug gesagt!‹

›Nun, ich verlange das auch nicht; aber wenn Ihr mein Bier nicht bezahlt, so gehört mir auch der Finger, der darin gewesen ist.‹

Der Bauer stutzte; aber nicht lange, so zog er seinen vollen Lederbeutel aus der Tasche und zählte das Geld für die Tonne Bier in blanken Banktalern vor meinem Vater auf den Tisch. ›Nun ist der Finger mein,‹ sagte er, ›und ich tu' damit nach meinem Dünken.‹

Es wäre wohl umsonst gewesen, daß mein Vater das Geld zurückschob, wenn nicht der Sohn sich jetzt hineingemischt hätte. ›Vater,‹ sagte er, ›soll ich den Finger holen? Ich mein', er liegt in unserem Nagelkasten.‹

Der Alte brummte etwas in den Bart; aber der Sohn ging hinaus und kam bald darauf mit einem Kasten voll alten Eisenzeuges wieder in die Stube. Als er darin umherkramte, gewahrte mein Vater ein gelblichgraues Ding, das er nicht anders als für den Daumen eines Menschen anerkennen konnte; zwar schien er dick mit Gest oder, wie es auf Hochdeutsch heißt, mit Hefe überzogen; aber auch die Form des Nagels war noch deutlich sichtbar.

›Und das hier,‹ frug er den Bauern, ›habt Ihr in meinem Bier gefunden?‹

›Ich sagt' es schon,‹ versetzte dieser, ›als wir das Letzte aus der Tonne zapfen wollten, da hat's den Hahn verstopft.‹

›Nun, Marx Sievers, Ihr könnt wohl denken, daß ich mir dies Unheil nicht selber angerichtet habe! Ihr seid sonst als ein gerechter Mann bekannt, so bitte ich Euch, fahrt jetzt gleich mit mir zum Bürgermeister und gebt da Zeugnis, wo und wann Ihr dieses Ding gefunden habt; denn jeder neue Tag ist mir zu Spott und Schaden!‹

Der Bauer hatte sich bereits in seinen Lehnstuhl niedergelassen. ›Ins Gericht, Herr Ohrtmann? Zum Bürgermeister? — Ja, wenn meine eigene Obrigkeit mir das befiehlt; sonst nicht. Ich habe Spott und Schaden auch in meinem Haus; meine Frau ist heut noch krank vor lauter Abscheu!‹

Mein Vater mußte sich das alles bieten lassen; denn der Finger lag leibhaftig vor ihm, und die Sievers waren als wahrhaftige Leute überall bekannt; er stand, wie er selber sagte, da als ein geschlagener Mann.

Endlich wurde dennoch ein Abkommen getroffen; der Sohn durfte das unheimliche Ding in eine Schachtel packen und damit und mit meinem Vater in die Stadt zum Bürgermeister fahren.

— — Daß dies geschehen war, aber von weiterem auch nichts, erfuhren wir zu Hause schon durch Lorenz, der zu Fuße wieder ankam, während wir noch immer mit dem Mittag warteten und vor Angst und Spannung nicht wußten, wie wir unsere Zeit verbringen sollten.

Endlich kam unser Vater, und ich sah, wie seine Hand zitterte, als er die unserer Mutter drückte und lange in der seinen hielt. ›Übermorgen,‹ sagte er, ›soll ich wieder zum Bürgermeister kommen. Wenn es doch erst übermorgen wäre!‹

Als er sich dann nicht an den gedeckten Tisch, sondern an dem kalten Ofen in den Lehnstuhl gesetzt hatte, standen wir alle um ihn her, bis er endlich zu erzählen anhub. — In dem Studierzimmer des Bürgermeisters, als er mit dem jungen Sievers dorthin kam, war eben der alte, lustige Apotheker Hennings zugegen gewesen. Der hatte geraten, den Finger erst ein paar Tage in Spiritus zu setzen, damit sich der Überzug von Hefe löse und dann gründlich untersucht werden könne, ob er zu der Hand des Hingerichteten gehöre oder nicht. Nach der Zustimmung des Bürgermeisters war er selbst nebenan in seine Apotheke gelaufen und bald mit einem vollen Glashafen zurückgekommen. Sehr genau hatte er hierauf den Finger besehen, daran gerieben und geschabt und ihn um und um gewandt. ›Aber ein wunderlicher Kauz,‹ sagte mein Vater, ›ist der alte Hennings doch; denn er schmunzelte dabei, als ob er einen Allerweltsspaß in den Händen drehe!‹ — ›Man sollte kaum meinen,‹ hatte er zuletzt gesagt und dabei meinen Vater ganz listig durch seine runden Brillengläser angesehen, ›daß Peter Liekdoorn bei seinen Lebzeiten mit diesem Daumen allzuviel Hühneraugen hätte operieren können!‹

Weiteres war aus ihm nicht herauszubringen gewesen; aber übermorgen sollte mein Vater wieder zum Bürgermeister kommen. Der Finger war in den mit Spiritus gefüllten Glashafen getan und dieser, nachdem man ihn mit dem Gerichtspetschaft versiegelt hatte, in dem großen

Aktenschrank verschlossen worden. — —

Nun, es wurde denn auch übermorgen; — langsam genug. — Um elf Uhr vormittags ging mein Vater aus dem Hause. Während meine Mutter und ich uns durch Putzen und Scheuern die Angst von der Seele wegzuarbeiten suchten, kam unsere alte Krautfrau zu uns in die Küche und erzählte, Peter Liekdoorn habe heute nacht in der Bürgermeisterei ans Fenster geklopft; denn er habe seinen Daumen wieder haben wollen, der jetzt dort in dem großen Schrank verschlossen liege. ›Letzten Sonntag,‹ sagte sie, ›haben die Diebe ihn über die Türschwelle dem Bürgermeister in das Haus geschoben, weil sie vor dem Gespenste keine Nacht mehr Ruhe hatten; aber heut vormittag ist groß' Verhör, und dann kommt alles an den Tag; und hernach mögen alle Reu' und Leid geben, die so ihre bösen Mäuler über unseren Herrn Ohrtmann haben laufen lassen! Gott soll mich bewahren, daß ich an so was nur gedacht hätte!‹

Ich seh' das alte dumme Weib noch vor mir,« sagte unsere treffliche Wirtin, »wie sie das alles wie Kraut und Rüben durcheinander wälschte; Gott weiß, wo sie es sich aufgesammelt hatte! Wir freuten uns nur, da sie endlich fort war und wir wieder, wie am Sonntag, hangend und bangend allein beieinander in der Stube saßen.

Da endlich hörten wir die Haustür gewaltsam aufreißen.

›Das ist Christian!‹ sagte meine Mutter. ›Was wird der wieder zu erzählen haben!‹ Aber es war unser Vater, dem freilich Christian mit seiner Rechentafel auf dem Fuße folgte.

›Nun,‹ rief meine Mutter, ›haben sie gestanden? Sind die Diebe festgenommen?‹

Aber er schüttelte den Kopf und schwenkte, ganz außer Atem, ein beschriebenes Papier in seiner Hand. ›Mutter,

25

Kinder!‹ rief er endlich, ›es ist lauter Dunst gewesen; nun wird alles wieder gut! Aber dem alten Hennings, dem Mann hätt' ich die Füße küssen mögen! Und das, das hier — das kommt ins Wochenblatt!‹ Seine Augen glänzten, seine Stimme bebte; uns war, als ob er alles durcheinandersprüche. Aber dann gab er mir das Blatt und sagte: ›Lies, Nane; aber laut und deutlich! Siehst du, des Bürgermeisters Name steht darunter, und das Siegel ist auch dabei gedrückt!‹

Und dann las ich, und noch heute weiß ich jedes Wort; denn uns allen war, als ob eine Himmelsbotschaft in unser dunkles Haus gekommen wäre. ›Wenn‹ — so stand da — ›einer unserer geachtetsten Mitbürger, der Brauer Josias Christian Ohrtmann, durch unbedachte Zungen in Verdacht geraten, als ob der von dem Körper des hierselbst hingerichteten armen Sünders abhanden gekommene Finger sich in seinem Biere vorgefunden, so wird zur Steuer der Wahrheit, und um unverdienten Schaden von einem ehrenwerten Manne abzuwenden, hierdurch bekannt gegeben, daß nach sorgsamer, durch den hiesigen Herrn Apotheker Hennings unter Zuziehung der Behörde vorgenommener Untersuchung der Verdacht erregende Gegenstand sich lediglich als eine verhärtete Gest- oder Hefemasse herausgestellt, welche durch besondere Zufälligkeiten die Form eines menschlichen Daumens angenommen hatte.‹

So lautete der Inhalt Wort für Wort,« sagte die Erzählerin; »wer sollte so was auch vergessen können! Mein Vater aber hatte plötzlich seine Hände vor der Brust gefaltet. ›Mutter! Kinder!‹ sagte er ruhig, ›Gott ist barmherzig und ein Gott der Liebe! Er prüfet wohl, doch er verlässet keinen, der in seiner Schwachheit gerecht vor ihm zu wandeln trachtet.‹ Und dann betete er laut; ich habe niemals ein so heißes Dankgebet aus eines Menschen Munde gehört. Meine vierzehnjährige Schwester war auf die Knie gesunken und sprach ebenso laut die Worte nach, die über seine Lippen strömten.

Auf unseren Christian aber hatte die Freudenbotschaft auch noch eine andere Wirkung. Als wir noch alle schweigend um unseren Vater standen, bemerkte ich auf einmal, daß er wiederholt mit der doppelten Faust als wie zur Übung in die leere Luft hineinschlug.

›Christian! Christian!‹ rief unsere Mutter, ›was treibst du da für Faxen?‹

Christian tat erst noch einen Lufthieb und schaute dabei sehr fröhlich aus seinem heut ganz braun und blauen Angesicht. ›Verdamm mich, Mutter!‹ sagte er, denn er fluchte wirklich mitunter ganz gotteslästerlich; ›verdamm mich, Mutter! Nun sollen die Jungens aber Prügel haben!‹

›Pfui, schäm dich!‹ rief sie. ›In solchem Augenblick an so was nur zu denken!‹

Er ließ zwar etwas beschämt den Kopf hängen, dann aber murmelte er: ›Ja, Mutter, verdamm mich! Sie sollen es aber doch!‹ Und geschwinde tat er noch einmal einen Fausthieb durch die Luft.

Mein Vater, der dergleichen sonst nicht leiden konnte, strich heute seinem hitzköpfigen Knaben nur lächelnd übers Gesicht; er war zu glücklich, um jetzt ein tadelndes Wort zu sprechen.

›Hole mir lieber unseren Lorenz, Christian,‹ sagte er, ›damit wir auch ihm den Stein von seinem Herzen nehmen!‹

Und dann wurde Lorenz geholt; und ich las noch einmal. Als ich fertig war, standen dem alten Menschen die Augen dick voll Tränen.

›Sehen Sie wohl, Herr!‹ sagte er und schlug sich leise mit der

Hand gegen seine Brust:

>Lorenz Hansen is mein Nam';
Gott hilf, daß ich in'n Himmel kam!<

>Amen,< sagte mein Vater. Dann wurde Christian mit dem Schriftstück in die Druckerei geschickt.

— Als wir später bei unserem Nachmittagskaffee saßen, bemerkte ich, daß unser Vater einige Male ganz schelmisch nach seinem Pfeifenbrett hinüberblinzelte. >Was meinst du, Nane,< sagte er heiter, >wenn du mir heut einmal den großen Meerschaum stopftest?< — Ich war fast verwundert; denn da er das Rauchen eigentlich nur für reiche Leute schicklich hielt, so erlaubte er sich sonst nie vor Feierabend seine Pfeife Portoriko; die silberbeschlagenen Meerschaumköpfe aber, die beide sorgsam mit einem Seidentuch umwunden waren, die kamen stets nur Sonntags von der Wand. Als ich dessen ungeachtet jetzt die schöne Pfeife stopfte, nickte er mir freundlich zu: >Und nun geh auch in die Küche,< fuhr er fort, >und brenn sie mir selber an; und wenn du das getan hast, dann hole den Kalender und ziehe unter diesen Tag mit deinem Rotstift einen breiten Strich! Unser Wandsbecker Bote hat so viel Haus- und Jahresfeste; nun haben auch wir eines! Und wenn der Tag sich jährt, dann vergiß niemals, mir schon beim Kaffee meinen großen Meerschaumkopf zu stopfen!<

— Unser Vater war wohl kein schöner Mann, er hatte nur seine treuen, blauen Augen; aber an diesem Tage, und wie er so seelenfroh aus seinem Meerschaum rauchte, fanden meine Schwester und ich ihn beide so hübsch, daß wir gegenseitig ihn uns immer wieder zeigen mußten.«

Die alte Dame schwieg, als ob ihre Erzählung hier zu Ende sei; mir aber war, als sei das eigentliche Ziel derselben noch von ihr zurückgehalten.

»Und weiter?« frug ich nach einer Weile, da auch niemand anders sprach.

»Weiter?« rief eine muntere Frau an meiner Seite. »Was wollen Sie noch weiter? Ende gut, alles gut! Es war ja alles nur um nichts gewesen!«

Ich sah auf unsere Wirtin, deren sonst so heitere Augen jetzt mit einem durchdringenden Blick auf die Sprecherin gerichtet waren. »Da haben Sie recht,« sagte sie; »es war alles nur um nichts.«

»Aber die Kundschaft,« frug ich, »sie kam jetzt doch wieder? Und in der nächsten Erntezeit mußte die flinke Nane vor all den durstigen Krügen und Gemäßen doch wieder auf den Tritt, und von dem Tritt aufs Fenster flüchten?«

Die alte Dame tat einen tiefen Atemzug. »Nein,« sagte sie, »so etwas ist niemals wieder vorgekommen; in der Erntezeit des folgenden Jahres passierte etwas anderes, das ich gleichfalls nie vergessen werde. Nein, die Kundschaft, wie wir sie früher hatten, kam nicht wieder, obgleich es an redlichem Willen im Hause und an Bemühungen gutherziger Freunde nicht gefehlt hat. Der alte Hennings, wenn die Bauern in seine Apotheke kamen, ließ nicht ab, ihnen die Geschichte von dem Gestfinger und die Güte des Ohrtmannschen Bieres zu verdeutschen; und zuweilen kam er selber mit einer so eroberten Bestellung angelaufen; aber Marx Sievers nebst seinem ganzen Dorfe hat niemals wieder unseren Hof betreten; vielleicht — ich hab' das später mehr erfahren — weil er dem sich zu begegnen scheute, gegen den er sich im Unrecht wußte. — Die Geschichte wurde weit und breit bekannt; aber nur der arge Teil davon fand Glauben! Wenn auswärts Freunde unser Bier empfahlen, so hieß es jetzt wohl: ›Ohrtmann? Ohrtmann? Ist das nicht der Mann, der den Finger in seinem Biere hatte?‹ Und wurde dann auch der ganze Dunst ersichtlich aufgeklärt, es hieß am Ende doch: ›Man braucht ja eben nicht vor diese Tür zu gehen; es gibt ja andere noch, bei denen gutes Bier zu haben ist!‹

Dergleichen kam uns oft genug zu Ohren. Ja, ein verkommener Winkelschreiber, ein Altersgenosse meines Vaters, wagte es sogar, ihm seine Hilfe anzubieten und zutraulich dabei zu äußern, die zwölf Wochenblattzeilchen hätten ihm wohl einen schönen Haufen Geld gekostet; aber das brauche man ja keinem auf die Nas' zu binden.

Es mochte nicht viel helfen, daß mein Vater den miserablen Kerl zur Türe hinauswarf; es wurde vielleicht nur um desto mehr geglaubt.

›Der sprach für viele!‹ sagte mein Vater, als er uns voll Entrüstung das erzählte. Sonst habe ich ihn niemals klagen hören; er war nur stiller, als er sonst gewesen, und es kam mir oft vor, als ob ein heißes Dankgebet ihm die Seele drücke. Dagegen bemerkte ich, daß er, zumal an Markttagen, jetzt öfter aus dem Brauhaus auf den Weg hinaustrat; nicht als ob dort die Wagen nach dem roten Dach jetzt weniger als sonst vorbeigefahren wären; aber es war, als triebe ihn etwas hinaus, daß er sie alle zählen müsse.

Meine Mutter vermochte das Unglück und die Entbehrungen, die es mit sich brachte, nicht immer so geduldig zu ertragen; das fühlten nicht bloß wir Kinder; sie konnte mitunter sogar dahingeraten, ihrem guten Manne die Schuld des ganzen Unheils beizumessen; und immer kam sie dann auf die schon früher getadelte Nachsicht, womit er das abergläubische Getue seines Knechts geduldet habe. ›Ich lass' es mir nicht nehmen,‹ sagte sie eines Abends, ›hättest du ihm nur das Salzen und Bekreuzen ausgetrieben, die Leute wären nimmer auf das Stück gekommen, den dummen Finger in unserem Bier zu suchen! Aber konnte er den einen Hokuspokus machen, warum denn nicht den anderen? Und warum nicht heute oder morgen wieder einen anderen?‹

Für gewöhnlich ging derartiges, da mein Vater seine kleine, heftige Frau immer bald wieder ins Gleiche brachte, ohne weitere Spur vorüber. Das aber sollte diesmal nicht so sein. Es war eben vor dem Abendessen, und beide standen schon an ihren Stühlen, wobei sie die Stubentür im Rücken hatten; nur ich hatte gesehen, wie diese sich auftat und Lorenz, im Begriff hereinzutreten, plötzlich stehen blieb, eben als meine Mutter jenen wohl nicht ganz unbegründeten Vorwurf aussprach. Bevor ich mich in meinem Schrecken noch besann, hatte schon die Tür sich wieder leis geschlossen; dann kamen die Kinder und die Magd herein; aber Lorenz mußte erst durch Christian gerufen werden.

Noch heute danke ich meinem Schöpfer, daß ich damals meinen Eltern nichts verraten habe; denn von nun an war Lorenz wie verwandelt: vor den Gebinden, die im Hausflur lagen oder hinten vor seiner Braupfanne oder auch nur vor einem Tisch oder Stuhl im Hause, konnte er lange mit starren Augen stehen bleiben; ging er aber fort, so sah ich mehrmals, wie er mit der Faust sich über beide Augen fuhr.

›Was mag denn Lorenz fehlen?‹ hörte ich eines Abends meine Mutter fragen, die sonst dem alten Manne herzlich gut war. ›Er geht ja umher, als ob er über schwere Dinge brüte.‹

Mein Vater schüttelte den Kopf. ›Ich denke nichts weiter, als uns anderen auch; du weißt, er trägt an unseren Sorgen allzeit schwerer als an seinen eigenen.‹

Aber am anderen Morgen trat Lorenz vor ihn hin und bat um seinen Abschied; er wisse einen jungen Menschen, der sogleich an seine Stelle treten könne. Mein Vater äußerte nachher, ihm sei gewesen, als ob sein altes Erbhaus über ihm zusammenbräche. Doch Lorenz wollte sich nicht halten lassen.

›Ich habe mich mit meinem Gott beraten.‹ Auf alle Fragen hatte er nur diese eine Antwort; er mochte fürchten, sonst nicht stark genug zu sein.

Und so ging er denn, nachdem er über ein Menschenalter dagewesen war; wie er sagte, um einer verwitweten Schwester, die in einem entfernten Dorfe wohnte, in ihrer kleinen Bauernwirtschaft beizustehen. — Aber er hatte die Trennung doch nicht überwinden können; durch Aufkäufer, die im Lande herumreisten, kamen bald wunderliche Nachrichten von dorther; und kurz vor Weihnachten mußten wir erfahren, daß unser alter Lorenz als Geisteskranker in die Landesanstalt aufgenommen sei.

Das waren trübe Festtage; einen Weihnachtsbaum ohne Lorenz hatten wir Kinder uns ohnehin nicht denken können. Ich allein wußte, weshalb er das Haus verlassen hatte, in dem allein noch seine Heimat war, und ich trug schwer daran; denn sein Opfer war umsonst gewesen. Mein Vater plagte sich mit dem jungen Knecht, aber die Kundschaft besserte sich nicht; es hatte nicht mehr geholfen, als die tapferen Kämpfe, die unser Christian unermüdlich für die gute Sache ausfocht.

So ging der Winter zu Ende, und so kam der neue Sommer und endlich auch die Erntezeit. Nur für uns war sie es nicht.

Wir hatten schon die letzten Tage im August. Unsere zwei Stock hohe Außendiele kam mir so groß und einsam vor, seitdem nicht jeden Augenblick die Haustürglocke läutete; dennoch konnte ich es nicht lassen, wenn die altgewohnte

Verkaufszeit heranrückte, mich dort aufzuhalten, um meistens müßig durchs Fenster auf die Straße hinauszustarren. — So stand ich auch eines Vormittags; es waren kalte, trübe Tage eingefallen, und von dem Lindenbaum, der hier vor dem Fenster stand, wehten schon einzelne gelbe Blätter. Ich merkte wohl, daß mein Vater neben mich getreten war; aber ich rührte mich nicht; wir sahen beide, wie die Blätter niederwehten, und mochten beide wohl dieselben Gedanken haben.

Da ging draußen ein halb bäuerlich gekleideter Mann mit einem sogenannten Quäkerhut vorüber; er schien ein Fremder, aber dennoch war mir, als müßte ich ihn schon gesehen haben. Bevor ich mich jedoch darüber noch besinnen konnte, bemerkte ich eine hastige Bewegung an meinem Vater, und als ich aufblickte, sah ich, daß er den Mund fest geschlossen hatte; aber ich sah auch, wie seine Lippen zitterten. ›Vater,‹ sagte ich, ›fehlt dir etwas? Wer war doch der Mann?‹

Aber er drückte nur heftig meine Hand und ging dann, ohne ein Wort zu sagen, nach dem Hof hinaus. Es war, als wenn uns alles jetzt zum Schrecken werden sollte.

Endlich schlug es wieder einmal elf auf unserer Dielenuhr, und ich ging in die Stube und setzte mich an meine Näharbeit. Eben als auch meine Mutter aus der Küche hereintrat, läutete es von der Haustür, und als ich durchs Guckfenster auf den Flur hinaussah, da war es der Fremde von vorhin. Ich erkannte ihn jetzt wohl; es war ein Hopfenhändler aus Franken, der um diese Zeit zu kommen pflegte, um neue Bestellungen entgegenzunehmen und sein Geld für die alte Ware einzukassieren; er hatte vor zwei Jahren sogar einen Abend bei uns zugebracht. — ›Geh,‹ sagte meine Mutter; ›hole deinen Vater und sag ihm, daß Herr Abel da sei.‹«

Die alte Dame machte eine Pause. »Ich glaube,« sagte sie dann, »dem Angedenken meines seligen Vaters nicht zu nahe zu treten, wenn ich auch dies Wenige noch erzähle; denn wo wäre der Mensch, der der Not des Lebens in jedem Augenblicke standgehalten hätte! —

Herr Abel hatte sich gesetzt; ich ging ins Brauhaus, weil ich dachte, daß mein Vater dort beschäftigt sei; aber er war nicht dort. Auf dem Rückwege begegnete mir der neue Knecht, auch er wußte nichts; er war im Keller bei der Gerste gewesen; vielleicht, meinte er, sei der Herr hinten auf den Weg hinausgetreten. Ich kehrte deshalb noch einmal wieder um; aber da ich auch dort ihn nicht gewahren konnte, lief ich ins Haus zurück. Ich suchte im Pesel und in allen Stuben, stieg halb die Bodentreppe hinauf und rief, so laut ich konnte: ›Vater! Vater!‹ Aber es war alles um sonst.

›Vater muß ausgegangen sein,‹ sagte ich, als ich wieder in die Stube trat.

›Ei was!‹ rief meine Mutter. ›Dort, hängt ja sein Hut am Türhaken; Ihr Kinder versteht nur nicht zu suchen!‹

Damit ging sie zur Stube hinaus, und ich hörte sie im Hause und vom Hof her rufen. Aber auch sie kam kopfschüttelnd zurück. ›Ich kann das nicht begreifen,‹ sagte sie.

Herr Abel stand auf. Es habe keine Eile, er solle jetzt noch weiter nach dem Norden; aber um drei Wochen werde er auf hier zurückkommen; er könne ja auch dann seine Geschäfte mit Herrn Ohrtmann regulieren.

Ich weiß nicht, weshalb; aber als der Mann das sagte, war mir, als wisse ich jetzt alles, was noch kommen müsse.

— — Ein paar Minuten, nachdem er fortgegangen war, trat mein Vater in das Zimmer.

›Wo bleibst du denn, Josias,‹ rief meine Mutter. ›Herr Abel ist eben dagewesen; wir haben dich durchs ganze Haus gerufen!‹

›Ich weiß das,‹ erwiderte er — und es war gar nicht, als ob das seine Stimme wäre — ›ich habe es gehört; ich hatte den Mann auch kommen sehen.‹

Meine Mutter starrte ihn an. ›Was sagst du, Josias? — Mein Gott, und wie du aussiehst!‹

Ich bemerkte das nun auch; sein Haar und seine Kleider waren ganz bedeckt mit Staub und Spinngeweben.

›So sprich doch!‹ rief meine Mutter wieder. ›Um Gottes willen, Josias, was ist geschehen? Wo bist du gewesen?‹

Da riß mein Vater uns mit beiden Armen an sich und drückte uns heftig gegen seine Brust. ›Mutter! — Nane!‹ er sprach leise, aber hastig, als ob er es von sich stoßen müsse — ›Ich hatte mich versteckt! — Es war das erstemal, daß ich nicht zahlen konnte!‹

Er wollte weiter sprechen; aber der starke Mann brach in lautes Schluchzen aus.

Meine Mutter hatte ihre Arme sanft um seinen Hals gelegt; mein junger Kopf aber war vor Schrecken über das Gehörte ganz von Sinnen; ich klammerte mich mit beiden Händen an meines Vaters Arm, denn mir war, als müßten wir jetzt alle fort ins Elend wandern. Da hörte ich seine Stimme und fühlte seine Hand auf meinem Kopfe: ›Laß, Nane!‹ sagte er ruhig; ›hole mir den anderen Rock, mein Kind. Herr Abel wird noch in der Stadt sein, ich will jetzt zu ihm gehen.‹

Wie betäubt tat ich, was er mir befohlen hatte; dann lief ich in die Küche und setzte mich in einen dunklen Winkel. Erst als ich meines Vaters Schritte über den Hausflur und dann gleich danach die Türschwelle läuten hörte, überfiel mich das Leid um ihn, und ich weinte mich von Herzen satt.

— — Wie die Verhandlung mit Herrn Abel ausgefallen, habe ich nicht erfahren; ich weiß nur, daß wenige Tage darauf die beiden Meerschaumköpfe von der Wand verschwunden waren, und daß ich unseren Vater niemals wieder weder seine Abend- noch seine Sonntagspfeife habe rauchen sehen. Den Kalender mit dem rotangestrichenen Festtage bewahrte ich noch lange unter meinen alten Sachen; gefeiert ist der Tag nicht worden, aber wir konnten ihn dessen ungeachtet nicht vergessen.«

Die Erzählerin verschloß nach diesen Worten ihre Lippen, und ihre Augen blickten seitwärts, als sei das nicht für fremde Ohren, was jetzt aus der Vergangenheit an ihr vorüberziehen mochte.

Ein junger eifriger Prediger, ihr Neffe, welcher mit in der Gesellschaft war, hatte schon zuvor durch ein vergebliches »Aber liebe Tante!« zu erkennen gegeben, wie notwendig er seinen Beispruch zu dieser Geschichte halte; jetzt begann er mit merklicher Unruhe auf seinem Stuhl zu rucken. Aber unsere Wirtin war selber eine zu unerschütterliche Christin und fühlte zu genau, wo er hinaus wollte, als daß sie seinem drohenden Einwande nicht sogleich die Spitze abgebrochen hätte. »Lieber Hieronymus,« sagte sie, »es ist wohl niemand hier, der an Gottes Barmherzigkeit einen Zweifel hegen möchte, obwohl — die Wahrheit zu sagen — deine Großeltern in ihrem langen Leben wenig genug davon erfahren haben; aber wir wissen ja auch, daß sie oftmals im Verborgenen ihre Ader fließen läßt, um dann am rechten Orte desto segensreicher aufzusprudeln. Freilich, der Segen kam zumeist auf ihre Kinder; und auch ich mußte später, als meine kleine Schwester groß und kräftig geworden war, bei fremden Leuten dienen; aber dadurch« — und sie warf einen unaussprechlich herzlichen Blick auf ihren alten neben ihr sitzenden Mann — »kam ich zu dir, mein Vater, und die fremden Leute wurden meine eigenen! Und wie es dann gekommen, daß mein Bruder, der wilde Christian, ein stattlicher Bürger und gar der zweitgrößte Brauer in unserem Lande wurde, — um das zu erzählen, bin ich eine viel zu gehorsame Ehefrau.«

Der Neffe wollte wieder etwas sagen, aber seine Tante ließ ihn wieder nicht zu Worte kommen. »Gewiß, lieber Hieronymus,« sagte sie, »deine seligen Großeltern waren Leute, welche die Wohlfahrt ihrer Kinder für ein größeres Glück erachteten als ihre eigene; und dahin — das wolltest du wohl sagen — hat jener Finger doch den Weg gewiesen! Auch hast du selber ja noch beide mit ihren stillen und zufriedenen Angesichtern hier in diesen Lehnstühlen, worin nun ich und dein alter Onkel sitzen, von ihrer harten Lebensarbeit ruhen sehen! An seinem ersten Geburtstage, den dein Großvater hier in unserem Hause lebte, hatte dein Onkel ihm sogar eine neue Meerschaumpfeife bei seinem Morgenkaffee hingelegt, wie er so schön sie früher nie besessen hatte. Der alte Mann wurde heftig dadurch bewegt; er nahm das schwarze Sammetkäppchen von seinem ehrwürdigen Haupte, und seine Lippen bebten, als wiederhole er jetzt das heiße Dankgebet, das er vor dreißig Jahren wohl zuletzt gesprochen hatte. Er ließ sich auch von mir ein Seidentüchlein geben, um sorgsam den schönen Kopf darein zu hüllen; geraucht aber hat er nicht daraus; das, meinte er, habe er in der langen Zeit verlernt.«

Der junge Gottesmann hatte sich mit etwas strengem Ausdruck, aber dennoch, wie es schien, nicht völlig unbefriedigt in seinen Stuhl zurückgelehnt. Dagegen versuchte ich es noch mit einer Frage. »Und Lorenz?« sagte ich. »Blieb er in der Anstalt? Ist er dort gestorben?«

»Nein,« erwiderte unsere gute Wirtin, und ihr Antlitz gewann auf einmal wieder seinen alten Ausdruck heiterer Behaglichkeit. »Er ist glücklich wieder herausgekommen und hat noch Jahre lang in meines Bruders Haus gelebt. Nur ein wenig wunderlich war er geblieben; er hatte, wie Christian sagte, sich eine ganz glückselige Dummheit zugelegt; denn wie er einst geglaubt hatte, daß unsere altmodische Brauerei durch ihn zugrunde gehen werde, so glaubte er jetzt, daß diese neumodische, von der er nichts verstand, nicht ohne ihn bestehen könne.

Als derzeit bei einem Besuche mein Bruder mir alle seine großen Anstalten und Gelegenheiten zeigte, klopfte er in einem Durchgange, der von dem Wohngebäude in die Brauerei führte, an eine der seitwärts befindlichen Türen. ›Und hier wohnt unser Lorenz!‹ sagte er.

Er hätte es mir nicht zu sagen brauchen; denn über der Tür, in Ermangelung eines Wandbetts, das er hier in der Kammer nicht besaß, stand mit Kreide der alte Spruch geschrieben; nur hatte er jetzt seinen Namen mit dem seines alten Herrn verwechselt, und so lautete es hier:

> ›Josias Ohrtmann is mein Nam';
> Gott hilf, daß ich in'n Himmel kam!‹

Jetzt sind sie beide schon seit lange dort; und so endet diese Geschichte wie hoffentlich auch alle anderen Geschichtchen auf dieser Erde. Aber das habe ich meinem Bruder doch gesagt, daß er es mit seinem Gest in Obacht nehmen solle.«

Sie schwieg und reichte ihrem alten Eheherrn die Hand, der sie wie das Kleinod seines Lebens in die seine nahm. — Und dafür, indem wir jetzt die Feder fortlegen, halten auch wir die Hand einer jeden wahrhaft guten Frau.

Anmerkungen zur Transkription:

Das Buch »Im Sonnenschein« enthält vier Novellen von Theodor Storm:

- Im Sonnenschein
- Marthe und ihre Uhr
- Im Saal
- Im Brauerhause

Das vorliegende elektronische Buch gibt nur die Novelle »Im Brauerhause« wieder.

Gegenüber der gedruckten Version wurden folgende Satzfehler korrigiert:

original: da suchte sie unbemerkt
die ihre einzusetzen:

ebook: da suchte sie unbemerkt
die ihre einzusetzen;

original: hatten wir derzeit noch
unsern alten Brauknecht

ebook: hatten wir derzeit noch
unseren alten Brauknecht

original: »Lorenz Hansen ist mein   (1. Zitat)
Nam';
Gott hilf, daß ich in'n
Himmel kam!«

ebook: ›Lorenz Hansen is mein
Nam';
Gott hilf, daß ich in'n
Himmel kam!‹

original: Paschaabend

ebook: Paaschabend

original: Geist (Hefe)

ebook: Gest (Hefe)

original: ›so lassen Sie den Jungen
          doch seine Geschichte
          von sich tun!«

ebook: ›so lassen Sie den Jungen
          doch seine Geschichte
          von sich tun!‹

original: Da fragt nur euren
          Lorenz, wenn ihr's

ebook: Da fragt nur euren
          Lorenz, wenn Ihr's

original: zwei schwere, blanke
          Hände voll vor meinen
          Vater auf den Tisch

ebook: zwei schwere, blanke
          Hände voll vor meinem
          Vater auf den Tisch

original: Darum also!‹

ebook: ›Darum also!‹

original: Der Alte sah ihn in sein
          verschwollenes Angesicht

ebook: Der Alte sah ihm in sein
          verschwollenes Angesicht

original: den Finger von dem
          Hochgericht geholt
          habe?«

ebook: den Finger von dem
          Hochgericht geholt
          habe?‹

41

original: da ich von der Sache
anfing‹?

ebook: da ich von der Sache
anfing?‹

original: aber die da — und er
erhob ... — sie

ebook: aber die da‹ — und er
erhob ... — ›sie

original: habt ihr euer Bier doch
immer nur

ebook: habt Ihr euer Bier doch
immer nur

original: vollem Trab
davongefahren.

ebook: vollem Trab
davongefahren.‹

original: Soll ich warten

ebook: So will ich warten

original: als er mit dem jungen
Sievers dorhin kam

ebook: als er mit dem jungen
Sievers dorthin kam

original: eine verhärtete Gest oder
Hefemasse

ebook: eine verhärtete Gest- oder
Hefemasse

original: damit wir auch ihm den
Stein

ebook: ›damit wir auch ihm den
Stein

original: warum denn nicht den
         andern?

ebook: warum denn nicht den
         anderen?

original: einen andern?‹

ebook: einen anderen?‹

original: Aber am andern Morgen

ebook: Aber am anderen Morgen

original: daß Herr Abel da sei.‹

ebook: daß Herr Abel da sei.‹«

original: Dort, hängt ja sein Hut
         am Türhaken; ihr Kinder

ebook: Dort, hängt ja sein Hut
         am Türhaken; Ihr Kinder

original: eines Wandbretts

ebook: eines Wandbetts

original: »Josias Ohrtmann is mein
         Nam':
         Gott hilf, daß ich in'n
         Himmel kam!

ebook: ›Josias Ohrtmann is mein
         Nam';
         Gott hilf, daß ich in'n
         Himmel kam!‹

Das Originalbuch ist in Frakturschrift gedruckt.

Transcriber's Note:

This ebook includes only the novella »Im Brauerhause«. It

was published in the book »Im Sonnenschein« which
includes four novellas by Theodor Storm:

- Im Sonnenschein
- Marthe und ihre Uhr
- Im Saal
- Im Brauerhause

The following corrections were applied to the original text:

original: da suchte sie
unbemerkt die ihre
einzusetzen:

ebook: da suchte sie
unbemerkt die ihre
einzusetzen;

original: hatten wir derzeit
noch unsern alten
Brauknecht

ebook: hatten wir derzeit
noch unseren alten
Brauknecht

original: »Lorenz Hansen ist   (1st citation)
mein Nam';
Gott hilf, daß ich in'n
Himmel kam!«

ebook: ›Lorenz Hansen is
mein Nam';
Gott hilf, daß ich in'n
Himmel kam!‹

original: Paschaabend

ebook: Paaschabend

original: Geist (Hefe)

ebook: Gest (Hefe)

original: ›so lassen Sie den
         Jungen doch seine
         Geschichte von sich
         tun!«

ebook: ›so lassen Sie den
         Jungen doch seine
         Geschichte von sich
         tun!‹

original: Da fragt nur euren
         Lorenz, wenn ihr's

ebook: Da fragt nur euren
         Lorenz, wenn Ihr's

original: zwei schwere, blanke
         Hände voll vor
         meinen Vater auf den
         Tisch

ebook: zwei schwere, blanke
         Hände voll vor
         meinem Vater auf den
         Tisch

original: Darum also!‹

ebook: ›Darum also!‹

original: Der Alte sah ihn in
         sein verschwollenes
         Angesicht

ebook: Der Alte sah ihm in
         sein verschwollenes
         Angesicht

original: den Finger von dem
         Hochgericht geholt
         habe?«

ebook: den Finger von dem

45

            Hochgericht geholt
            habe?‹

original: da ich von der Sache
            anfing‹?

ebook: da ich von der Sache
            anfing?‹

original: aber die da — und er
            erhob ... — sie

ebook: aber die da‹ — und er
            erhob ... — ›sie

original: habt ihr euer Bier
            doch immer nur

ebook: habt Ihr euer Bier
            doch immer nur

original: vollem Trab
            davongefahren.

ebook: vollem Trab
            davongefahren.‹

original: Soll ich warten

ebook: So will ich warten

original: als er mit dem jungen
            Sievers dorhin kam

ebook: als er mit dem jungen
            Sievers dorthin kam

original: eine verhärtete Gest
            oder Hefemasse

ebook: eine verhärtete Gest-
            oder Hefemasse

original: damit wir auch ihm
            den Stein

ebook: ›damit wir auch ihm
          den Stein

original: warum denn nicht
          den andern?

ebook: warum denn nicht
          den anderen?

original: einen andern?‹

ebook: einen anderen?‹

original: Aber am andern
          Morgen

ebook: Aber am anderen
          Morgen

original: daß Herr Abel da sei.‹

ebook: daß Herr Abel da
          sei.‹«

original: Dort, hängt ja sein
          Hut am Türhaken;
          ihr Kinder

ebook: Dort, hängt ja sein
          Hut am Türhaken;
          Ihr Kinder

original: eines Wandbretts

ebook: eines Wandbetts

original: »Josias Ohrtmann is
          mein Nam':
          Gott hilf, daß ich in'n
          Himmel kam!

ebook: ›Josias Ohrtmann is
          mein Nam';
          Gott hilf, daß ich in'n

Himmel kam!‹

The original book is printed in fraktur.

www.ingramcontent.com/pod-product-compliance
Lightning Source LLC
Chambersburg PA
CBHW030909260626
47169CB00008B/2763